歌集

遠　霞

砂田暁子

Sunada Akiko

六花書林

遠霞 ＊ 目次

I

II

装幀　真田幸治

遠霞

とほかすみ

I

蟬

うつし世の有ると無しとの境目にみんみん蟬とほくみんみんと鳴く

法師蟬あと少しあと少しと鳴きつづく落葉《らくえふ》初むる朴のほつえに

衰ふる五体髪膚《はつぷ》にしみとほるやがて死ぬ蟬の一心のこゑ

燃えつきる生とふも良し秋蟬のひたなるこゑが谷を深くす

つぶらなる両眼留むる蟬殻の軽きかなしみは手の平のうへ

訣れて二年

秋風にさやらさやさや萩しだれ訣れて二年の夫が佇む

朝の日にすすき生軽《ふ》く透けてをり亡夫の広き背ぼんやり顕たせ

影さへも有らざる夫がしじみ蝶に草生さまよふ秋風のなか

この世では相容れざること多かりし夫がそよ風に吾をつつむ今

食ひ違ひし情《こころ》も夢ととほくなりあをあをと澄む秋空ふかし

亡き御霊《みたま》追ふ術は無し薄ぐらき参道へ幽か散るくれなゐもみぢ

今すこし歪みて有れよ冷やひやとひかり増しゆく秋の満月

素秋の谷

現の証拠・狐の孫・掃《はき》溜《だ》め菊と細やかなもの咲く谷の秋

萩の花くれなゐ清かしぼりをり　濃密の時間《とき》を持つただらうか

谷みづの底深くゆく音ばかり曼珠沙華の紅にひびきて一日

谷道のひかげに群れて彼岸花死者らのこゑをしぼりて紅し

谷ゆきし九月けものの糞ありて赤芽柏の黒実犇《ひしめ》く

*

午後二時の素秋の谷にをるものは吾と鴉と清き風音

柳葉もその影もまた凜《すず》やかな素秋の谷に言葉はいらぬ

長月の谷の木木ゆらす風の音　忘れてゐませんか大切なことを

心緊め谷にあふげば飯桐《いひぎり》の朱実房なし秋を垂らせり

秋すすむ谷の時間や　ほろほろと百日紅の花散りてとめどなし

形象《けいしやう》の明るくとほる秋の谷は心捨て去りかるがる行かな

*

橅の神

秋霖の山の奥処は橅の神くろく真直《ますぐ》にさびさびと立つ

高山は秋霖おほふ寂寥《せきれう》に星霜過ぎしか橅の木ふとし

太幹に苔生はしめてどんと立つ峡の橅の木に礼して去りぬ

ひたぶるに

堰《せき》落つる水音つづく谷にをり沢に寄りくる獣をおもひ

びんびんと朝日にそまる丹沢の峰よりきたり一心に川

うつし世の地上幾筋ひたぶるに流るる水を川と呼ぶ今

濁り川一気に厚く堰くだる水の真力《まぢから》に台風が過ぐ

濁流に乗りくる川鵜術もなく流さるるまま水にしたがふ

穏やかな川と降りゆくにささめける音たえまなく水流れをり

石越ゆる音つつましく秋の川ひびきひびきて夕べとなりぬ

ひたぶるに水流れつつ濁るものいつしか消えて秋の川ゆく

水打つて鷺発ちにけり輪のいくつ広がるのちの水のしづまり

半円の虹

夏と秋とのおぼろの境あはあはと半円の虹が川またぎ消ゆ

一日の雨のやみたる秋晴や清き祈禱に黄金田ひかる

稲刈りのかぐはしき香のただよひく豊饒は今さびしみに似て

そのむかし邪馬台国のありしとふ山里小野に銀杏ひろふ

儚げに満月しろく浮く野面《のづら》　妊婦がおもく過ぎゆきにけり

永遠の世界

静脈のうすむらさきに透くあした一雨ごとに秋が来てをり

空のあをに吸ひこまれさうな朝来り紫の影われは曳きつつ

さびしみが永遠《とは》の世界を呼びかへす秋風の韻《ひびき》、青澄める空

小羊の雲のふんはりあそぶ空やがてほぐれて青青と洞

蝙蝠の鉄片の如きがひらひらとはかなげに舞ふ秋のゆふぐれ

*

息切れの身をはこびくる谷のなだり紫式部の艶増す実あり

わがための日溜りの如き時間がある　せせらぎ聴かむ虫の音聴かむ

赤赤と円き柿の実あかあかといただきにけり陽の匂ひする

異なれる命育てこし二本の木、橅と公孫樹がまつすぐならぶ

わがまへに時積む古木の桜木や　あつぱれ堅く太き幹持つ

五蘊皆空

ヒヒヒヒヒ生きて鳴くこゑ微かする紅葉もえたつ谷の静寂《しじま》に

晩秋の広沢寺《くわうたくじ》訪へばさびさびと〈五蘊《ごうん》皆空〉の文字迎へたり

頂より紅葉始まる山が言ふ　何も無し何も起こらなかつたと

桜葉のもみぢに秋の日とほりをり小惑星の過ぎにし地上

桜葉のもみぢの閑かさ始末とふこと身近なる日日の私に

いただきの楓《ふう》のもみぢ葉日をとほし終りを前にいよいよ明し

*

あてのなく訪ひ来る谷は焦るがにアメリカ楓が葉を落としをり

身四囲《みめぐり》へ謐かに添ひく晩秋の谷に幽かたつ落葉する音

雨のごと落葉ふる韻のしきりなり　遠くにひびく猟銃の音

落葉の林に居りぬ捨つるとは再生のことと深く思ひて

けだものの踏みゆきし跡へさみどりの団栗の芽が背のびする昼

侵されずおのづから生きる姿かな樹齢六百年の大樟そびゆ

命

木蔦さへ心得をるよ四手《しで》の木にからむも止まる　頂《いただき》一歩前

高速に豚乗る車過ぎてをりその先にある命の終り

高速の車にぎつしり豚が乗る不思議なしづけさ一時保ち

円型の黒光りする墓石がおもおもと待つ死にたる吾を

わが傍へささつと過ぎぬ亡きひとのこゝろ持つ風と一瞬おもふ

生きること創《きず》の如しも霧雨の砂洲にひとすぢ鷺の跡つづく

＊

山の上《へ》にあすなろの木がしんと立つ霧に濡れつつただまつすぐに

谷越えの鴉らのこゑ各各にいろあひちがひ夕べを帰る

十六夜の月

薄雲を払ひはらひて秋の月さびしさの果てなき宙《そら》に在り

大法螺に老いのかなしみ包みたる人逝く夜更もくせいにほふ

孤独さへ拠り所にせし家照らす小さく欠けて十六夜の月

ひとかぶの玉すだれ庭に移し終ふ言葉なく逝きにし人の形見に

＊

衣干し老夫婦住む橋の上ぼやっとしろく昼月浮かぶ

昼の熱のこれる空へ刻刻と孤独をふかめ満月のぼる

白銀の満月にほふ秋の夜はるけきものは懐かしきかな

易易としてさびしみ来り遊戯《ゆげ》のごと雲浮く間《あひ》は秋宙あをし

II

炎

榾《ほた》を組む間に見えてをり燃ゆる火の芯くれなゐの透明の色

榾を組むなかなる炎風たてば逃れむと手を八方へのばす

閉ぢこめらるる火はやがて外へ出《い》で組まるる榾を灰に変へゆく

燃ゆるもの無くなるまでの炎なり緋緋ともえたる後にくる　寂

＊

砂塵風土

谷の木木あつけらかんと葉を落とすこの世のとほく復讐があり

布黒く面おほふもの無差別に人を危《あや》めたりアラーと叫び

砂ぼこり茫茫けぶるイラク見ゆ簡単に死を生む風土嗚呼《ああ》

砂塵舞ひ戦絶えざる地イラクへ命はぐくむ雨よふれふれ

人危む武器をもつもの銃を置きしかと見たまへ青澄む空を

かなしみの星の数あるうつし世に何事もなし　虚空あをあを

＊

冬の夜

霖雨・燐火・臨界・林学とたどりきて輪姦《りんかん》の文字に遭ふ　冬の夜

指の爪もぞもぞ伸びてゐることを思ひつつ居り丑三つの闇

叩く、切る、毀《こぼ》つと時に怖きことするわれの右手《めて》灯の下にあり

なんとなく指紋みてをり運命線が皺にまじりて伸ぶる突端

一日の大方何か考へをる頭を寝る前にぐるぐるまはす

まなぶたを閉づればいとも簡単に世界が消えて茫茫と闇

*

十二階の窓

うんうんうん真つ赤に朝日のぼりくる癌病棟の十二階の窓

寒の月あをあを昇る手遅れに息の緒ほそる女の窓へ

十二階癌病棟のベッドにて人逝けば固く形象《かたち》をあらはす

＊

如何なる死吾を待つならむ如月の空へひいやり雲消えてをり

しぶきあげ落つる水音迫りくる　小沢さん死んだ佐野さん死んだ

光りつつ過ぎてはいくつ雲行きぬ何も刻まざるわが墓の上

未来への確信

豊饒の実のいまだとほき枇杷の木に花芽ちぢれて寒の日つづく

まだ咲けぬ咲いてはならぬ姫娑羅の三重の芽鱗へあはあは冬日

毳立ちて花芽ひしめく三椏《みつまた》に春まだとほき風過ぎてをり

未来への確信を持つ小臭木《こくさぎ》や種をとばして殻のみに立つ

小臭木の枯実のあまた開きをり種もはや無く未来のかなた

草津峠

ひとりとふさびしみ寂《しづ》か草津温泉めざせる吾に白雪軽し

雪ふぶく草津峠の茫漠へうつつの〈ランチ〉の灯小さくともる

吹雪きゐる峠ひとつ越ゆ薪太く束ねかさねてしづまる村落

傷を負ふ山山かこむ高速路左右にゆられて私はどこへ

＊

音もなく雪ふりつづく夫婦とふ対立もはやなき空白へ

遺恨をも水にながすとふる雪に樅の古木のくわんおんと立つ

道の上にふりくる雪は一瞬を美しく光りて消えゆきにけり

＊

冬日の彼方

大津波過ぎゆきにけり防波堤も小さき村落も一気に呑みて

霜きびしく野をおほふかな原発にいまだ癒えざる無人の村へ

みちのくにマグニチュード七・三が再び襲ふ師走ゆふぐれ

大津波前、家や家族のありしこと幻はいつも近くにありぬ

粛清の名にぎらぎらと伯父を処刑する国ありて冬日の彼方

月光の匕首《ひしゅ》のごとくに耀《て》る深夜人類滅びし地球が浮かぶ

＊

どっしりと雪をかぶりてゆるがざる阿夫利嶺《あふりね》そびゆ　生前、死後に

霜きびしく畑をおほへり残生の年の計つつしみ立てて元旦

レンズを磨く

太陽へアイソン彗星迫りつつあかつきわれの眠りは深し

寒の雨うすらひとなり緊まる紋ひりひりのこす朝《あした》が来り

現し世の真捉ふとまで言はねども朝朝眼鏡のレンズを磨く

冬の机すっきりとあり密密のヒマラヤシーダの実をひとつ置く

＊

わがままな情念入れて来し身体よ肺へうつすら雲のひろがる

日の方へ弓手《ゆんで》のばせばうすあをく命支へて血管はしる

テーダ松の直線高し曲らざるかなしみに今まざまざと立つ

底のなき谷のみ空をひたに指す無骨のいのちの欅をあふぐ

＊

玉葱の薄皮を剝ぎぐつぐつとながく煮てをり　この世のある日

日に幾度掌になじめるは北国の翁作りしイチイの細工

鍋のなか鱈・牡蠣・帆立・白菜のまじる混沌を味噌が和ます

日陰道と日向道とのさかひめに佇むのちに日向道ゆく

＊

浮世の外

見通せぬ世となりながら娑羅の木の冬芽きりりとしまりて光る

おごそかに時経るものか大榎に触るれば返す不屈の堅さ

カゴノキの木肌鹿《か》の子に剝がるるをさすりてをりぬ自然は不思議

紅出づる〈数寄屋〉をひそか掌にかこふ浮世の外はひいやり寂か

崖に垂れひかりあつむる白椿われの一枝近くて遠し

*

四手の木の枯るる根にそひ密密と苔がひろがる　死は無き如し

分解のすみやかにあれ楢の木の古切株に瓦茸《かはらたけ》あまた

無患子《むくろじ》の根元によれば鹿の糞くろぐろ濡るる二十粒がほど

冬木木が永遠なる空を透かす季《とき》いくばくのこる命愛しむ

昼の月もあもあーと在るビルのうへ形象あるものの白きさびしみ

なんとなく石投げてゐる家族あり元旦の川照り翳りつつ

おだやかに流るる川にさからひて行く冬日なり川音凜し

ぽかりぽつかり

円き頭をりをり左右に動かしてしんと百舌ゐる時間の深処

杭の上の黒鵜の孤独ながきまま天指す嘴の時にかがやく

〈八重野梅《やへやばい》〉の穢《けが》れなき白へ鴉かな虚空の声を落とし過ぎたり

丘のかなた呑気に鳴きつづく鴉ゐて吾より何かが脱落したり

まづまづの一生《ひとよ》とおもふわが頭上鳴く冬鳥のきびしき声す

高いたかい櫟秀先の空間をくろく小さく鳥過ぎてゐる

*

餌に群るる場をはなれゆく鴨がをり一筋の水脈《みを》清かひきつつ

尻を見せぽかりぽつかり冬の鴨池に浮きつつ時伸びてゐる

Ⅲ

言霊

早春の谷のしづけさに待ちつづく言霊《ことだま》となり降りくるひびき

侘助の何に急かされ咲くならむ一木は染まるうすくれなゐに

時を負ふ梅の古木が吐く息にしらうめ一輪ふはつと咲《ひら》く

大地なり活動期なるに入りゆくも道道かをる紅梅白梅

＊

あかつきを命過ぎにけり鹿の糞くろぐろ濡れて栴檀《せんだん》根元

春の日に水のうごめき匂ふ昼　孵化せる蝌蚪のつぶつぶ黒し

池の面《も》に旅するひかりの点滅のしづか生《あ》れつつ風の明るさ

ひらひらと儚きものに黄蝶ひとつ休み休みに谷道をゆく

来てみよ此処へ

やはらかく芽吹きの柳さやぎをり危めあふ人ら来てみよ此処へ

三つ三つと三椏の分かるる枝さきへ凛凛として咲く黄花が三つ

三椏の群落幽か咲く谷へ吾をみちびく息子の神が

谷の木木は良き耳持ちて芽吹きゆく　きのふ豆桜けふ油瀝青《あぶらちやん》

生るるもの皆柔らかしイヌブナの葉ドイツトウヒの芽甘き指裏

辛夷なり数多のいのち吹きあげてあをひといろの虚空指す正午《ひる》

日をとほす白木蓮の花びらに若き日の過誤ふとよみがへる

わが前はアサダの幹のざらざらと過ぎにし日日の樹皮裂けて立つ

＊

タンポポの首のみ入るる小袋を振りつつどこへ　女童《めわらは》のゆく

寒桜あかるき峡のちさき村へ火消車がカランと通る

言葉は無力

原発の再開はやいふ国の春へ〈紅千鳥〉小さくぽつぽつ咲く

たびたびの地震《なゐ》に一年過ぎにけり〈春曙紅〉の花あはあは開く

いづこにも花咲く谷や善悪を超ゆる時間へさやさやと風

ぱつちりと白き眼はわが前よ〈見驚《けんきやう》〉といふ椿にあふ幸

今どこを向きても花の咲く園にしてあふ〈限り〉とふ白椿

寒と寒のあはひにきたる春日和〈八重寒紅《やへかんこう》〉の秀までくれなゐ

くれなゐのしぼる命とふ椿木の蕾にあひぬ　言葉は無力

咲きそむる〈眉間尺〉の花の円保てる固さはけふの命よ

〈一筋〉とふ名冠せられたる椿木の幹に触れたり冷えびえ固し

春の茎

臘梅の枝先にあり衰へをともにせる花が二つ対きあひ

行きどまるところの寂に〈限り〉とふ名を持つ椿しらしら明し

椿花耀る苑のうち花もたぬ〈崑崙黒《こんろんこく》〉の一木しんと立つ

〈数寄屋〉なりひっそりと咲きさびしげに白花散らす自《し》が影の内

白椿穢れなきまま散りてをり木漏れ日もるる切通し道

辛夷花終りてゐたり人逝けば識る悔のごときさみどりかかげ

*

帰りざま「花が咲いてるよ」と息子いふ厨のすみは黄の菜花立つ

昨日まで弾けて咲きゐし菜の花や鋤かるる土がふんはりにほふ

高く高くひばりがのぼる朝来り子どもの貧困ひろがる国に

冬の間低く生きこしたんぽぽがわっと群がり伸ばす春の茎

青一線に

沖とほく青一線にしづまれば行かむとおもふ春生るる海

汀には彩のつやめき角とれし小石がのこる　海の賜物

波際に寄ればおのづと蹠《あなうら》のおもくなる身のいとしさかなしさ

足もとへ波寄りきたり思はずも怖るるこころに退《の》く一歩二歩

あてもなき時間の豊かさ　くりかへす波音友とし春の浜ゆく

＊

発見のヒッグス粒子に湧くゆふべ遠からず還る宇宙深かり

謐かな地球

うつすらと影を生みつつ自づから花花ひらく春が来てをり

国と国あらそふ星に光吸ひ〈啓翁桜〉が短く咲けり

咲くも力散るも力にさくら立つ太枝どっしり四方にひろげ

うすじろく花枝大きくしだれつつしなやかさこそ命なりけり

風のまま鎮魂《たましづめ》の花咲く枝のしらしらゆれて亡き人かへる

嗚呼ああー　溜息もらし鴉ゐる花枝なだるる切通し道

*

柵の間にぬうーっと顔出す白馬は過去世の誰か尾をふるしづか

白馬のしゅわしゅわと尾をふるばかり　花満ちていま謐《しづ》かな地球

次は誰を

次は誰《たれ》をあの世へ誘ふ　しらしらと全く咲きてしづまるさくら

円を描く鳶消えにけり花みつる木木の上たかくひろがる余白

房となる八重桜花幼児とあつめし日あり　虚空があをし

花の縁微かにそまる薄紅《うすべに》や一度きりの時間ここにあり今

しなやかな〈普賢象〉の花房のいのちに触れゐつ冷えびえ柔し

花に雨　ことごとく咲く桜木の思ひのこすことなき明るさへ

やはやはと弁重ねゐる八重桜へ放射能およぶ日本の春

＊

滅びるはかがやく形象失ふこと〈紅鶴桜〉しづまりゆけり

落花のひかり

花びらの小さくちさく回りつつ漂ふゆふべ滅びのしづか

しなやかな淡紅のまま散る花に明るみながら桜木が立つ

鼻息の強くブルルーンと騾馬《らば》がゆく落花かるがる四方へとばし

百五十の死を道連れの墜落の闇おもふ刻しきり花ふぶき

かなしみとふ形象とならぬかなしみの沈める身に見ゆ落花のひかり

肩並べ花を見しことなきままに夫と訣れき　花散らす風

何も見えぬ道つづきをり花びらの四方にふぶく明るさのなか

風にしたがふ

桜花散りきるまでを見届けむ看取りの情にいつしかなりて

淡紅に花びらおほふ地にひとり　あの世の誰と誰を呼びませう

ひとふきの風にさそはれくるくると落ちくる花へ掌を伸べて今

来年も遇へるだらうか花明りしきり削りてふぶけるさくら

わが死後もながーく生くる老い桜花びら流し風にしたがふ

肉体をいつか持たずに訪ふ日来む　落花にそまる細道つづく

＊

和而不同

楓《かへるで》や櫟、小楢らならび立ち〈和而不同〉卯月のみどり

雨後の野に小判草らの群のあを風わたるたび命がにほふ

生きるとふ力まざまざさみどりの葦群芽吹くひたにますぐに

目にとほく菜畑弾けるあかるさを一番つばめかな掬ひて迅し

イヌブナと劣れる名前持ちながら癒しの翳生む青葉の五月

童女《わらはめ》の飛ばざる球を父が追ふ〈父たる時間〉の短さのなか

犬さつと走りきて須臾《しゆゆ》に球銜へ主人にかへす信頼を見てをり

新芽吹くアメリカ楓の木の真上ふくらみながら雲消えてをり

やまぶきの黄の花かげる谷の夕　誰の御霊か鶯のこゑ

IV

谷に鶯

ホーホホホヒーホケッキョキョ、ホーホホホヒーホホホケキョ　谷に鶯

たびたびの地震の過ぎにし一年ののち来る夏や　鶯のこゑ

うぐひすの澄む声しきり大津波、原発の事故癒えざる国に

うぐひすのお稽古の声つづきをり吾にもはるか幼き日あり

ヒヒホホーヒヒヒヒヒヒー谷に鶯　あのやうに直ぐに時を生きてみよ

＊

半《はん》夏《げ》生《しやう》愛しし人の消息をこのごろ聞かず　老鶯のこゑ

あるがまま

鳥うたふ五月の谷へいつついかなる旅の果てにや柔ら草の芽

人知れずとふつつましさエゴノキの蕾のしづく木翳に丸し

無患子の五月の柔らの葉がさやぐあるがままよと風に遊びて

万緑の五月の谷はコロロカラカラ時空広ぐる蛙のこゑする

大瑠璃を乗せひとしきり鳴かせたるヤマアララギがふたたび一木《ひとき》

藤の花ほろほろと散る谷小道風がわたれる他何もなし

山法師清らにしろく谷に咲く　ＩＳパルミラへ侵入したり

きらりきらり

一年の空白ののちかへりくる鈴の音すずし五月のつばめ

夏空へ今年生まれの燕らのきらりきらりと翼を返す

張りつめたる形象は簡素つばくらめ翼を閉ぢてひるがへる瞬

あかね空縦横にはしる夏つばめ根の国の父母へ元気と伝へよ

青深くいつでも死ねる空がある燕らかるく風に乗りつつ

岩燕すれすれにとぶ川の面はうつつの雨紋生まれて消えて

雨あがる明るき空へ散華してとびかふ燕に渡り近づく

堰落つる水音ばかり　岩燕いつせいに渡りし朝が来てをり

つばめ子を育て支へし石橋の武骨にしづまり季すすみゆく

トランペット

花終り黒ずむ幹へまっすぐに少女が対きて吹くトランペット

水牛のいまだ少年の耳飾るハイビスカスの一日の紅

密密とアズマネザサの生ふる界に負けるな犬幮負けるな櫟

いきほへる青葉の谷の木木のなか直線を生き鳥過ぎてゐる

羊歯群のいつせいに萌ゆる切通しのあをの世界を私が通る

木蔭からクローバー明かき日溜りへ乳母車しんと過ぎつつ何処へ

花翳の莫蓙に昼寝のをさなごの背へあかるく旅するひかり

流水の世界

沢の音にそふ時間のなか流水の世界に生きるオニヤンマ待つ

混沌の水のにごりより河骨のつぼみが明日へとまつすぐに伸ぶ

水張田のひかる朝の空気かな蛙ひとつのこゑに微動す

夏の朝いのちのままに鯉の尾の微かゆらぎて水紋生まる

ゆうらりと水の闇より浮かびくる真鯉の群に大小のあり

いくすぢのひかりに落つる堰の水一気とふ力に音高くゆく

堰越えてゆく水速し迷はざるものの強さに嵐去りゆく

有りて無し

傘まはし傘たかく上げ跳びはねて童女がゆく梅雨の細道

一生に見残ししもの有りて無し　つぶやきのごと梅雨の雨ふる

梅雨の雨しむしむくらくふる音す意識まで来ぬかなしみ打ちて

なめくぢが夜の浴室の壁にゐる上るか下るか決まらぬままに

ベランダをぴしぴし叩き雷雨が来　打たれてやらむ弱気を捨てて

青稲の水を抜かれて耐へゐるよ根を強くする農法があり

旱魃に息たえだえの雑草《あらくさ》に「生き返つたよ」と雨の音する

アメ横

炎暑なる街角にして金物屋鼠捕り器をけふも吊し売る

五月三日歩めば人とぶつかれる〈アメ横〉にして時間《じかん》が流る

忙しく穴出入りする蟻おもふ五月三日の〈アメ横〉を行く

看板に〈アメ横のへそ〉と掲げゐる奥へ店つづく魔窟の如し

密密とカバン積み上ぐる店せまく弾き出された主《あるじ》が立てり

第三国貧しき国の帽子店の窓をあふげり細細ひらく

〈アメ横〉の筒のやうなる裏道をみどり匂はぬ風をりをり通る

夏の朝

ひるがほのぽかんとひらく朝が来ぬ漏斗は誘ふ時空のかなた

朝朝の土手のつぶやきへ屈みゆく月見草の花の黄《きい》のつややか

月見草陽を恋ふ色に咲きつづく解りあへずに逝かせし日にも

*

鬼胡桃つぶら実あをく目にたちく訃音のつづく吾のめぐりに

肺胞の壊れゆく身にも朝が来ぬオニグルミの実こりこり太り

くろぐろと口永良部島《くちのえらぶ》火を噴けり　鬼胡桃固く日日太りゆく

牛蛙時空をいだく太きこゑ丹田に落ちて朝が始まる

わが窓へささやき清かさきがけの青つややかに朝顔ひらく

旅に来て

旅に来てなんとなく一つ鐘をつく吾もひとりに木曾の山の上

何時何処で遇つたのだらう　澄みとほる馬の瞳が私を見てをり

虫を追ふ馬の尻尾《しつぽ》のゆれさやか開田高原に夏過ぎてをり

草やれば放牧の馬の口腔のおよびにふれて命あたたかし

あらくさに埋まる墓群低くして木曾山里に生死《しやうじ》過ぎにけり

はかなさに形象変へゐる雲の下自由のわが行く両手振りつつ

のつと出る大地に近き夏の月のぼりゆくほどに小さく清か

＊

遠からずばらばらになりて死を迎ふ同期の友らに遇はむと伊豆へ

若き日の康成宿りし部屋小さし古稀を越えたる友らと泊る

蒼蒼といきほふ古木に囲まれて踊り子の宿〈福田家〉があり

＊

歳歳の息ぎれの身に夕照りて墓群つづく長崎の坂

ゆふばえの霊鷲庵なる墓苑に来　時を負ふ石どつしり並ぶ

原子爆弾災死者の骨収めゐる寺のゆふぐれ白猫眠る

遠からず

雨晴れて青山くつきりあらはるる早三年目の夫の命日

肉桂《にくけい》の木蔭へ入れば忘れゐしかなしみあをく微かにかへる

〈おゝすみ山荘〉宿坊奥処はひつそりと拝殿小さく佇みて有り

宿坊の隠処《かくれが》のごとき拝殿に亡夫の縁者らと両掌を合はす

夫死してもがり一年後の妻が身を断ちしゆゑ〈刀自《とじ》〉と言ふとぞ

*

死が近きもののひびきに夏の朝髪膚を刺せる蟬声たかし

露を溜め月見草の花朝むかふ　あとどれくらゐの命か吾も

遠からず死がすべての日来るならむ窓いっぱいに赤く月のぼる

一夏の激暑耐へ来しはわがまへに堅く太れる椿の青実

どつしりと生き来し存念尋ねむと押し当つる掌に樟のしめり有り

夏嵐荒きただなか小さき蝶の流されながら己が道ゆく

＊

継ぐものの無き虚しさや清しさや　子どもらあそぶ晩夏の苑ゆく

百年前百年後の時にほふ金環日蝕の円の幽けさ

*

あとがき

第七歌集『風と露』の上梓から三年しか経っていませんが、令和四年九月の誕生日に傘寿を迎えることになり、一つの区切りとまとめたのが、第八歌集の『遠霞』です。

歌の背景にある時間は、夫亡きあとの平成二十三（二〇一一）年から平成二十八（二〇一六）年までの六年間。歌数は三一七首を収めました。

そして今回も歌集のベースに、毎年私一人の為にまとめている喜怒哀楽書房の小冊子から、『夏暁』『冬霞』『朧』『霧』『数珠掛桜』『紫式部』『花吹雪』『鬼胡桃』『冬から春へ』の九冊を使用しました。また内容は第七歌集をひきつぎ、「存在」「非在」「命」に向き合い、自らの晩年を一層意識したものになりました。

『遠霞』はこのようにまぎれもなく個人の歌集ではありますが、他者へ少しでも橋がかかかかることを願ってやみません。

今回、「水甕」代表の春日いづみ氏に水甕叢書の件で、また校正を長年の歌友高橋良子氏にお世話いただきました。また出版にあたっては、新しくご縁が出来ました六花書林の宇田川寛之氏や装幀の真田幸治氏へ、共々御礼を申上げます。

砂田暁子

令和四年四月吉日

著者略歴

砂田暁子（すなだあきこ）

昭和17年、旧満州東安省鶏寧県適道生まれ
学習院大学、東北大学大学院で美学、美術史を学ぶ
昭和46年、「水甕」入社
現在「水甕」同人、選者
現代歌人協会、柴舟会会員

歌集：『水明り』『霧へ』『薔薇星雲』『かたちここに』
『地球《テラ》の朝』『季の風韻』『風と露』
他に『Shangri La』（短歌と写真集）
歌抄：『夏暁』『冬霞』『朧』『霧』『数珠掛桜』『紫式部』
『花吹雪』『鬼胡桃』『冬から春へ』

現住所：〒243－0036　神奈川県厚木市長谷379－23

遠　霞

水甕叢書第916篇

令和 4 年 8 月20日　初版発行

著　者——砂 田 暁 子

発行者——宇田川寛之

発行所——六花書林
〒170-0005
東京都豊島区南大塚 3 - 24 - 10　マリノホームズ1A
電 話 03-5949-6307
FAX 03-6912-7595

発売——開発社
〒103-0023
東京都中央区日本橋本町 1 - 4 - 9　フォーラム日本橋 8 階
電 話 03-5205-0211
FAX 03-5205-2516

印刷——相良整版印刷

製本——仲佐製本

ISBN978-4-910181-35-6 C0092